티아라 모임이
뭔지 알아?
그건
말이야…

동화 속
세계에서
태어난

공주들의
모임이야

예쁘고
똑똑하고
용감한…

열두 명의
공주

티아라 모임의
일곱 가지 약속

1 공주로서 자부심을 가질 것

2 항상 정의로울 것

3 서로를 믿고 존중할 것

4 힘든 일이나 고민이 있다면 서로 나눌 것

5 친구가 위험에 처하면 달려갈 것

6 항상 자신을 가꿀 것

7 동물을 사랑하고 보호할 것

공주들의 약속

1

무도회와
보석의 약속

글 ♥ 폴라 해리슨
그림 ♥ ajico
옮김 ♥ 봉봉

가람어린이

이번 편은 봄의 대무도회에서 티아라 모임이 생기게 된 이야기!

리딩랜드 왕국의

유리아 공주

사는 곳
리딩랜드 왕국.
아름다운 바다가
있다.

부모님
아버지… 필립 왕
어머니… 마리아 왕비

형제 관계
두 살 아래인
나티 공주

성격
밝고 긍정적이며
호기심이 많다.
정의로우며
배려심이 깊다.

티아라
나뭇잎 모양에
루비가 박혀 있다.

고민
왕국의 대표로
무도회에 참가하는 게
부담이다.

매력 포인트
빨간 곱슬머리와
헤이즐넛 색 눈동자

좋아하는 색깔
장미색

좋아하는 드레스
장미꽃이 수놓인
로맨틱한 디자인의
드레스

좋아하는 보석
빨간 루비

좋아하는 것
핫초코

다른 왕국의 공주들

 운다라 왕국의
루루 공주

운동 신경이 좋으며
눈에 띄는 걸
좋아한다.

 그 밖의 등장인물

올라프 왕자

데니스 왕자

사무엘 왕자

조지 왕자

활달한 성격이며
행동이 빠르다.

무도회에서 데뷔하는 다른 왕국의 왕자들

오니카 왕국의
자민타 공주

똑 부러지는
성격이며
보석을 만드는
재주가 있다.

윈테리아 왕국의
클라라벨 공주

성격이 얌전하며
동물들과
교감할 수 있다.

아리

유리아 공주의
수행원

마리아 왕비

유리아 공주의
어머니

가드랜드 국왕

미스트버그의 왕

레이번 공작

가드랜드 국왕의
사촌

처음 가 보는 장소

처음 만나는 사람들

낯선 세계로
갈 때마다

엄청 긴장되지만…

두근두근
설레는 마음이

가슴 가득 퍼져서

그곳으로 당장

뛰어들고 싶어!

Mistberg
미스트버그성

무도회와 보석의 약속
차례

티아라 모임
공주들 ♥ 10

1 ⋆⋆⋆ 꿈의 성 ♥ 22

2 ⋆⋆⋆ 드레스 체크 ♥ 35

3 ⋆⋆⋆ 리허설은 힘들어! ♥ 51

4 ⋆⋆⋆ 어둠 속의 집라인 ♥ 63

5 ⋆⋆⋆ 소리의 정체는? ♥ 73

6 ⋆⋆⋆ 사라진 증거 ♥ 83

7 ⋆⋆⋆ 범인은 누구? ♥ 95

8 *★* 힘을 합쳐서 ♥ 108

9 *★* 드레스로 갈아입고 ♥ 122

10 *★* 무도회 시작! ♥ 133

11 *★* 보석의 약속 ♥ 146

❀ 티아라 모임의 보너스 정보 ♥ 152

❀ 미스트버그성 지도 ♥ 154

1

꿈의 성

햇볕이 쨍쨍 내리쬐는 맑고 화창한 날이었어요. 리딩랜드 왕국의 유리아 공주는 마차를 타고 창밖을 내다보고 있었어요.

세상에서 가장 아름다운 숲을 지나자 웅장한 미스트버그성이 눈앞에 나타났어요.

올해 유리아 공주는 이 멋진 성에서 열리는 '봄의

대무도회'에 처음으로 초대를 받았답니다.

'내일모레가 무도회라니, 너무 떨려!'

유리아 공주는 가슴이 두근거리기 시작했어요.

봄의 대무도회는 열두 살이 된 어린 왕자들과 공주들이 전 세계의 왕실 가족들에게 자신을 소개하는 자리랍니다. 왕과 왕비가 길게 늘어선 무도회장에서 한 사람, 한 사람에게 인사를 하고 열심히 갈고 닦은 춤을 선보여야 해요.

봄의 대무도회를 통해 왕자들과 공주들은 사교계에 정식으로 데뷔하고, 왕국의 대표로 인정받게 돼요. 그날이 바로 이틀 후로 다가왔어요.

황금색 문을 통과한 마차가 성 앞에 멈춰 서자 한 남자가 계단을 내려왔어요.

바로 이 성의 주인인 가드랜드 국왕이에요!

"미스트버그에 온 걸
환영하오, 유리아 공주."

가드랜드 국왕

"안녕하세요,
　　가드랜드 국왕님."

유리아 공주

"앞으로 나흘 동안 잘 부탁드립니다."

유리아 공주는 예의 바르게 살며시 무릎을 굽혀 인사했어요.

'어머니랑 연습한 대로 잘한 걸까?'

유리아 공주의 부모님인 리딩랜드 왕국의 필립 왕과 마리아 왕비도 마차에서 내려 가드랜드 국왕과 인사를 나눴어요. 유리아 공주는 어머니를 슬쩍 돌아보았어요. 마리아 왕비는 고개를 살짝 끄덕이며 미소를 지어 주었어요.

'합격인 것 같아!'

유리아 공주는 설레는 마음으로 가드랜드 국왕의 안내를 받아 부모님과 함께 성안으로 들어갔어요.

'어머! 벌써 이렇게 많은 사람들이 모였네!'

세계 각국에서 모인 왕들과 왕비들이 즐겁게 이야기를 나누고 있었어요.

'리딩랜드 왕국 대표로 당당히 인정받을 수 있도록

멋진 춤을 보여 드려야지!'

절대 실수하면 안 된다고 생각하자 유리아 공주는
점점 더 긴장됐어요.

그래도 봄의 대무도회는 공주라면 누구나 손꼽아
기다리는 꿈의 무대가 틀림없어요.

유리아 공주는 무도회에서 화려하게 데뷔하는 상
상으로 밤잠을 설친 적도 많아요.

"유리아 공주님의 방은 여기예요."

시종의 안내를 받아 간 곳은 탑 꼭대기에 있는 방
이었어요.

대무도회에 참가하기 전에 방에서 마지막으로 춤
연습을 하거나, 드레스를 점검한다고 들었어요.

"우아! 너무 예뻐!"

유리아 공주는 눈을 반짝이며 감탄했어요.

방 한쪽을 꽉 채운 침대에는 네 개의 기둥과 지붕이 있었고, 살짝 열린 창문 틈으로 불어온 산들바람에 부드러운 커튼이 살랑살랑 흔들리고 있었어요. 다른 쪽 구석에는 폭신하고 부드러워 보이는 소파가 놓여 있었어요.

아치 모양의 창문 너머로는 미스트버그성의 아름다운 숲이 보였어요.

유리아 공주가 자신의 성이 아닌 다른 곳에서 자는 건 이번이 처음이에요.

'나와 같은 나이의 공주들을 만나고 싶어. 어쩌면 좋은 친구가 될지도 몰라.'

리딩랜드 왕국의 궁전에서 생활하는 것도 물론 즐거웠지만, 함께 놀 수 있는 친구는 여동생뿐이었어요. 유리아 공주는 친구를 사귀기를 간절히 바라고 있었어요.

"유리아, 30분 뒤에 3층으로 내려오렴. 무도회에서 입을 드레스를 점검해야 해."

마리아 왕비가 당부했어요.

"계단을 내려가서 오른쪽으로 돌면 바로 드레스 피팅 룸이 있어. 늦지 않도록 하렴!"

"네, 어머니!"

어머니가 방을 나가자 유리아 공주는 창가로 다가갔어요. 창밖에는 초록색 물결이 끝없이 넘실거리는 것 같았어요.

**"너무 아름다워!
정말로 미스트버그는 세상에서
가장 아름다운 숲이구나."**

바람이 살랑살랑 불자 나뭇가지와 나뭇잎이 흔들리면서 초록빛이 반짝였어요.

'어머니한테 들었던 것보다 몇 배는 더 멋져!'

유리아 공주는 드넓게 펼쳐진 숲을 넋 놓고 바라보았어요.

시간이 얼마나 흘렀을까요? 풍경에 빠져 있던 유리아 공주는 퍼뜩 정신을 차리고 시계를 보았어요. 어느새 30분이 훌쩍 지나 있었어요.

"앗, 큰일 났다! 드레스 피팅 룸에 가야 하는데!"

허둥지둥 방에서 나와 계단을 내려갔어요. 단숨에 3층까지 내려온 유리아 공주는 당황해서 발걸음을 멈췄어요.

"어…… 왼쪽이었나? 아님 오른쪽?"

유리아 공주는 문이 살짝 열려 있는 왼쪽 방으로 조심스럽게 들어갔어요.

"실례합니다……."

어둑어둑한 방 안쪽에 세 사람이 서 있었어요. 깃털이 달린 모자를 쓰고 어깨에 망토를 걸친 키가 큰 남자가 험악한 표정을 지으며 다른 두 남자를 쏘아보고 있었어요.

"제대로 하란 말이야!"

유리아 공주는 가슴이 철렁했어요.

'이크, 오른쪽 방인가 봐…….'

망토를 걸친 남자는 유리아 공주를 눈치 못 챈 듯

무서운 목소리로 말했어요.

"이건 비밀이야! 어떤 실수도 절대 용서하지 않아. 알겠어?"

"예! 명심하겠습니다!"

유리아 공주는 아무래도 들어선 안 될 이야기를 들은 것 같았어요.

까치발로 조용히 방을 나가려고 하는 그때……

"넌 누구냐! 거기서 뭘 하는 거지?"

망토를 걸친 남자가 유리아 공주를 똑바로 노려보며 소리쳤어요.

'큰일 났다!'

당황한 유리아 공주는 쭈뼛쭈뼛 말했어요.

"저…… 방을 잘못 들어왔어요. 죄송합니다!"

망토를 걸친 남자는 무서운 얼굴로 유리아 공주에게 다가왔어요.

유리아 공주는 허둥지둥 복도로 뛰쳐나가, 계단 오른쪽에 있는 방으로 뛰어 들어갔어요.

2

드레스 체크

거친 숨을 몰아쉬며 문을 닫자마자 마리아 왕비의 날카로운 목소리가 날아왔어요.

"유리아! 왜 이렇게 늦은 거니?"

이번엔 드레스 피팅 룸을 잘 찾아 들어왔어요.

"죄송해요. 방을 잘못 찾아서……. 앗!"

방의 분위기를 확인한 유리아 공주는 놀라서 입을

다물었어요.

　방 안에 있던 사람들 모두가 유리아 공주를 쳐다보

고 있었기 때문이에요.

그중에는 비슷한 또래로 보이는 공주가 세 명 있었
어요. 다들 어머니와 함께 대무도회에서 입을 드레스
를 마지막으로 확인하고 있었어요.

"유리아, 일단 서두르자. 무도회 때 입을 드레스로 갈아입으렴."

마리아 왕비가 재촉했어요.

"내일모레 있을 대무도회는 평생에 한 번밖에 없는 아주 중요한 날이야. 그러니까 드레스를 꼼꼼히 확인해야 해."

유리아 공주는 무도회를 위해 특별히 만든 드레스를 입고 거울 앞에 섰어요.

어머니에게 옷매무새를 확인받기 위해 뒤로 돌고, 또 돌고……. 어느 방향에서 보든 나무랄 데 없이 아름다워야만 했어요.

마리아 왕비가 유리아 공주의 등을 부드럽게 톡 쳤어요.

"허리를 펴고 똑바로 서 보렴."

"네, 어머니."

핀과 바늘을 든 재봉사가 치맛단을 가봉 바늘로 고정시키고 허리를 꽉 조여서 드레스를 몸에 딱 맞게 고쳐 주었어요.

그리고 나서 옷깃의 주름과 어깨에 단 꽃 장식도 예쁘게 매만져 주었어요.

마지막으로 귀걸이와 장갑을 끼자 완벽한 옷매무새가 완성됐어요!

"너무 예뻐……."

유리아 공주는 거울 속 자신을 보며 멍하니 중얼거렸어요.

'마치 마법으로 변신한 것 같아!'

이 드레스를 입으면 인사도 문제없이 해내고, 춤도 누구보다 잘 출 수 있을 것 같은 기분이 들었어요. 치마를 가볍게 잡고 한 바퀴 빙그르르 돌았을 때, 같은 방에 있던 세 명의 공주와 눈이 딱 마주쳤어요.

다들 드레스 확인을 끝내고 원래 입고 왔던 옷으로 다시 갈아입고 있었어요.

"안녕……?"

유리아 공주는 용기를 내어 먼저 인사했어요.

"난 리딩랜드 왕국에서 온 유리아라고 해. 만나서 반가워."

그러자 유리아 공주와 가장 가까이 있던 공주가 손을 흔들었어요.

"안녕, 반가워! 나는 운다라 왕국에서 온 루루야. 잘 부탁해!"

다음으로 머릿결이 찰랑찰랑한 공주가 자리에서 일어났어요.

"난 자민타라고 해. 보석의 나라, 오니카 왕국에서 왔어."

마지막 공주가 들릴 듯 말 듯한 수줍은 목소리로 말했어요.

"난 클라라벨이라고 해. 윈테리아라는 추운 왕국에서 왔어."

유리아 공주는 다른 왕국의 공주들과 만나는 건 처음이었어요.

'다들 좋은 친구가 될 수 있을 것 같아.'

유리아 공주는 기분 좋은 예감이 들었어요.

"다들 미스트버그엔 언제 왔어?"

"대무도회에서는……."

공주들은 시간 가는 줄 모르고 즐겁게 수다를 떨었어요.

처음으로 딸들을 데리고 무도회에 참석한 네 왕비도 공주들처럼 이야기가 끊이질 않았답니다.

루루 공주

운다라 왕국의 공주

Lulu

금으로 만든
티아라가
마치 왕관 같아!

어깨 한쪽을
드러낸 디자인과
안이 비치는
실크 소매가
멋스러워!

짧은 치마가
잘 어울려!

밝고
쾌활해 보여!

마치 꽃송이 같은
풍성한 치마

Jaminta

티아라엔
예쁜 크리스탈
꽃 장식을!

티아라와
한 쌍인 귀걸이

찰랑이는
긴 생머리

똑똑하고
영리해 보여!

매끈하게 떨어지는
실크 드레스

자민타 공주
오니카 왕국의 공주

클라라벨 공주

윈테리아 왕국의 공주

사파이어가
반짝이는
티아라

부드러워 보이는
긴 금발 머리

얌전하고
내성적일 것 같아!

Clarabel

물결치듯 펼쳐진
드레스가
로맨틱해!

슬림하고
어른스러운
실루엣

말끔히 정리된
곱슬머리

나뭇잎 디자인의
티아라

친구를 사귈 수
있다는 기대감에
두근두근!

풍성하게 겹쳐진
드레스

Yuria

유리아 공주
리딩랜드 왕국의 공주

꽃 장식을
제일 좋아해!

시간이 얼마나 흘렀을까, 마리아 왕비가 공주들을 불렀어요.

"얘들아, 아직 끝난 게 아니란다."

'아직 안 끝났다고?'

유리아 공주와 다른 공주들은 서로를 보며 눈을 굴리다가 킥킥 웃었어요.

"이제 망토를 골라야 해."

마리아 왕비가 말했어요.

"어머, 말씀해 주셔서 감사해요."

운다라 왕국의 왕비가 말했어요.

"하마터면 잊을 뻔했네요."

오니카 왕국의 왕비도 말했어요.

"드레스 말고 망토도 필요해요?"

루루 공주가 물었어요.

루루 공주의 어머니가 고개를 끄덕이며 망토에 대해 설명했어요.

"대무도회 전에는 드레스를 아무에게도 보여 주면 안 돼. 그러니 공주들은 성에서 입을 망토를 맞춰야 한단다."

유리아 공주는 조금 아쉬운 마음이 들었어요. 드레스가 너무 마음에 들어서 망토 속에 감추고 싶지 않았거든요.

망토를 걸치고 치수를 재고 있을 때, 갑자기 성 밖에서 즐겁게 외치는 소리와 함께 왁자지껄한 웃음소리가 들려왔어요.

"무슨 일이지? 엄청 즐거워 보여."

유리아 공주는 거울 앞에서 목을 쭉 빼고 창밖을 내다보았어요. 창문 바로 밖에 있는 널따란 정원에 놀이기구들이 있었어요.

"와아!"

왕자들이 집라인을 타고 내려오며 소리를 지르고 있었어요.

'정원에 놀이기구가 있잖아? 재미있겠다!'

유리아 공주의 눈이 반짝반짝 빛났어요.

'나도 저기 가서 놀고 싶어! 하지만…….'

유리아 공주는 어머니의 눈치를 살폈어요. 놀이기구를 타고 싶다고 말하면 "공주가 놀이기구를 타고 놀다니, 너무 조심성 없어 보이잖니!"라고 혼날 것 같았어요.

'저렇게 재미있어 보이는데…… 타 보지도 못한다니, 너무 아쉽다…….'

유리아 공주는 남몰래 한숨을 내쉬었어요.

"아하하하!"

왕자들의 웃음소리가 또다시 들려왔어요.

"어머니, 저도 밖에 나가서……."

유리아 공주가 마음을 단단히 먹고 입을 열었을 때

였어요.

공주들이 망토를 맞추는 걸 도와주던 시녀가 큰 소리로 말했어요.

"자, 망토를 모두 고르셨으면 공주님들은 무도회장으로 이동해 주세요. 리허설을 진행할 예정이에요."

아무래도 집라인을 타는 건 나중으로 미뤄야 할 것 같았어요.

'중요한 리허설이니까 어쩔 수 없지……'

유리아 공주는 다른 세 명의 공주들과 함께 무도회장으로 이동했어요.

3

리허설은
힘들어!

"그럼 지금부터 리허설을 시작하겠습니다."

널찍한 무도회장에 예절을 가르치는 선생님의 목소리가 울려 퍼졌어요.

대무도회는 왕자들과 공주들이 사교계에 첫발을 내딛는 시험 같은 것이기 때문에 왕국의 대표로서 창피하지 않도록 연습을 해야만 해요.

대무도회의 가장 중요한 이벤트는 바로 '인사'와 '춤'이에요.

차례가 되면 무도회장으로 걸어 들어가요. 이때 허리는 똑바로 펴고 고개를 들고 당당하게 걸어야 해요.

인사는 공손히, 무릎을 살짝 굽히고 미소를 지은 채 마음을 담아서 해요.

춤은 우아하게, 드레스나 머리카락이 아름답게 보이도록 신경 써서 춰야 해요.

무도회뿐만이 아니라 저녁 만찬에서도 기억해야 할 게 많았어요.

식사할 때의 올바른 자세나, 나이프와 포크를 쓰는 순서 등등 그동안 배운 예의범절을 까먹지 않도록 최선을 다해야 해요.

평소에는 실수 없이 잘하던 것도 선생님 앞에서는 긴장하기 마련이에요. 진짜 무도회에서는 특히나 긴 드레스 자락을 밟지 않도록 조심해야 하고, 다른 공주들과 스쳐 지나갈 때 서로 치마가 닿지 않도록 조심해야 해요.

"자, 처음부터 다시 한 번 해 볼게요."

선생님이 말했어요.

유리아 공주와 다른 공주들은 무도회장 입구로 돌아가 처음부터 다시 시작했어요.

이렇게 리허설은 오후 늦게까지 이어졌어요.

마침내 리허설이 끝나고 유리아 공주는 방으로 돌아왔어요.

"많이 힘들어 보이시네요, 유리아 공주님."

방에서 반겨 준 사람은 수행원인 아리였어요.

아리는 유리아 공주의 시중을 들면서 이야기를 들어 주는 언니 같은 존재예요. 유리아 공주가 다섯 살 때부터 곁을 지켰기 때문에 공주의 기분을 쉽게 읽을 수 있어요.

왕국의 비밀 요원으로 일했던 아리는 매

아리

55

우 다양한 지식과 기술을 가지고 있어요. 예전에 리딩랜드 왕국을 떠들썩하게 했던 보석 도난 사건을 해결한 적도 있어요. 아무도 눈치채지 못할 정도로 순식간에 이동하는 게 아리의 특기예요.

"아리, 정원에 있는 집라인 봤어?"

유리아 공주는 계속 마음에 두고 있던 놀이기구에 대해 물었어요.

"네, 아까 보니까 왕자님들이 재미있게 놀고 계시더군요."

"나도 집라인을 타고 싶어. 근데 어머니가 못 하게 하실 것 같아……."

유리아 공주가 풀죽은 목소리로 말했어요.

아리가 여행 가방의 짐을 풀면서 속삭였어요.

"기다려 보세요, 공주님. 몰래 빠져나갈 기회가 있을 거예요."

이윽고 성의 시계가 큰 소리로 저녁 만찬 시간을 알렸어요.

연회장에는 각 나라를 대표하는 사람들이 모여 앉아 있었어요.

크리스털 샹들리에가 거대한 연회장을 밝히고, 긴 식탁에는 화려한 촛대와 반짝이는 식기들이 나란히 놓여 있었어요.

유리아 공주는 주위를 둘러보며 한 사람, 한 사람 얼굴과 이름을 확인했어요.

'산호초 모양의 목걸이를 한 사람은 마리카섬의 왕비. 터번을 쓴 사람은 운다라 왕국의 왕…….'

미스트버그성에 오기 전, 대무도회에서 만나게 될 사람들의 얼굴과 이름을 달달 외웠기 때문에 대부분 쉽게 맞힐 수 있었어요.

'응? 저 사람은 누구지?'

유리아 공주는 금발 머리 왕자를 보고 고개를 갸웃했어요.

"피니아 왕국의 올라프 왕자란다."

옆에 앉아 있던 마리아 왕비가 유리아 공주에게 살짝 귀띔해 주었어요.

올라프 왕자도 올해 처음으로 무도회에 왔고, 공주
들처럼 왕과 왕비에게 인사를 할 예정이었어요.

'잘생겼다……. 아! 미소 짓는 모습을 보니 상냥한
사람 같아!'

유리아 공주는 얼굴이 발그레해졌어요.

　저녁 만찬은 작은 접시에 담긴 요리부터 차가운
채소와 따뜻한 채소, 생선, 입가심용 셔벗, 고기 등
등…… 음식이 끊임없이 나왔어요.

　디저트로 나온 케이크까지 너무 맛있어서 유리아
공주는 마치 꿈을 꾸는 것 같았어요.

　즐거운 시간은 눈 깜짝할 사이에 지나갔지만, 진짜

즐거운 일은 이제부터 시작이었어요!

디저트를 다 먹은 유리아 공주는 주위를 살폈어요.

마침 어른들은 식사를 마치고 차를 마시러 자리를 이동했어요.

'지금이야!'

유리아 공주는 아무도 눈치채지 못하게 조용히 연회장을 빠져나왔어요.

맞아요, 사실 유리아 공주는 아리의 조언대로 몰래 밖으로 나갈 기회를 엿보고 있었어요.

다행히 복도에는 아무도 없었어요. 유리아 공주는 부엌을 통과해 뒷문으로 서둘러 빠져나갔어요.

주위가 어두워서 조금 불안하긴 했지만, 그래도 다시 돌아갈 생각은 없었어요.

"탈출 성공!"

마침내 정원에 도착한 유리아 공주는 주머니에 숨
겨 두었던 손전등을 꺼내 주위를 비춰 보았어요.
　　"집라인이 어느 쪽에 있었더라?"
　　기억을 더듬으며 정원을 가로질러 놀이기구가 있
는 곳으로 향했어요.

4

어둠 속의
집라인

마침내 놀이기구들이 어둠 속에서 모습을 드러냈
어요.

'집라인은 어디……? 아, 저기에 있다!'

유리아 공주는 긴 사다리를 타고 올라가 꼭대기에
섰어요. 그러고는 망토를 벗고 양손으로 밧줄을 꼭
붙잡았어요.

"흐읍……."

깊은숨을 들이마신 뒤, 어둠 속으로 힘차게 점프!

유리아 공주를 태운 집라인이 스르륵 앞으로 미끄러졌어요.

"꺄아! 기분 좋다! 하늘을 나는 것 같아!"

달빛 아래로 드레스가 펄럭였어요. 마치 커다란 새가 된 기분이었어요.

건너편에 무사히 착지한 유리아 공주는 다시 한 번 점프하려고 밧줄을 당겼어요.

그때였어요.

"어머! 유리야!"

어둠 속에서 긴 금발의 공주가 나타났어요.

"클라라벨! 왜 여기에 있어?"

유리아 공주는 깜짝 놀라 물었어요.

"드레스 피팅 룸에서 왕자들이 재밌게 노는 걸 보고 나도 해 보고 싶다고 생각해서…… 몰래 빠져나왔어. 설마 유리아도?"

서로의 얼굴을 마주 보고 있을 때였어요.

"우아!"

어디선가 흥분해서 외치는 소리가 들려왔어요.

"드디어 세상 꼭대기에 도착했다!"

건너편 장애물 탑 꼭대기에 올라서 있는 루루 공주가 보였어요.

"루루!"

유리아 공주가 루루 공주를 불렀을 때…….

"기다려! 나도 같이 놀자!"

성 쪽에서 자민타 공주가 소리치며 뛰어왔어요.

'믿을 수 없어! 우리 넷 다 같은 생각을 하다니!'

설마 네 공주 모두 연회장을 몰래 빠져나왔을 줄은 꿈에도 몰랐어요!

"신기하다! 어떻게 이런 우연이 있지? 우리, 마음이 잘 맞나 봐!"

유리아 공주는 가슴이 쿵쿵 뛰었어요.

공주들은 서로의 얼굴을 마주 보고 웃었어요.

네 공주는 집라인 앞에 모였어요.

다들 서로에 대해 더 잘 알고 싶었어요.

"자민타, 너희 오니카 왕국은 '보석의 나라'라고 들었어. 어떤 곳이야?"

루루 공주가 궁금하다는 얼굴로 물었어요.

"오니카 왕국에는 신비한 힘이 깃든 보석을 만들 수 있는 사람들이 많아. 나도 산에서 원석을 캐서 보석을 만들곤 해."

자민타 공주의 대답에 유리아 공주가 감탄했어요.

"대단하다! 나중에 네가 만든 보석을 보여 줄래?"

"물론이지!"

공주들은 금세 친해져서 시간 가는 줄 모르고 이야기를 나눴어요.

운동 신경이 뛰어난 루루 공주가 망토를 걸친 채 공중제비를 두 바퀴 돌자, 나머지 세 공주의 눈이 휘둥그레졌어요.

클라라벨 공주가 쑥스러운 표정으로 말했어요.

"이번 대무도회에서 내 또래의 공주들을 만날 수 있을 거라는 어머니 말씀을 듣고 너무 설렜어."

유리아 공주는 미소를 지으며 고개를 끄덕였어요.

그동안 마음을 터놓고 이야기 나눌 만한 또래 친구가 없었기 때문이에요.

"이렇게 친구가 되다니, 정말 멋지지 않아?"

유리아 공주가 반짝이는 눈으로 다른 공주들을 바라보며 물었어요.

친구들이 있다면 무도회의 긴장감도 얼마든지 극복할 수 있을 것 같았어요.

'어른들에게 인정받는 것보다 마음 맞는 친구들이 생긴 게 훨씬 기뻐!'

공주들은 집라인 타는 곳으로 올라갔어요. 클라라벨 공주는 막상 높은 곳에 오르자 겁이 났는지 표정이 조금 어두워졌어요.

그 모습을 본 유리아 공주가 말했어요.

"처음에는 나랑 같이 탈래?"

불안한 듯 아래를 내려다보던 클라라벨 공주가 조금은 환해진 얼굴로 고개를 끄덕였어요.

"응, 좋아!"

그때, 어둠 속에서 무슨 소리가 들려왔어요.

낑······ 낑······.

작게 흐느끼는 듯한 소리였어요.

"방금 무슨 소리 안 들렸어?"

유리아 공주가 다른 공주들에게 물었어요.

공주들은 귀를 기울이며 주위를 두리번두리번 살폈어요.

"무슨 소리지? 구슬프게 흐느끼는 소리 같아. 듣고 있으니 마음이 아파."

루루 공주가 울상을 지었어요.

"구해 달라는 신호 같아."

"혹시······ 위험에 빠진 동물이 도와 달라고 우는 소리 아닐까?"

클라라벨 공주가 걱정스러운 얼굴로 말했어요.

자민타 공주가 손가락으로 어딘가를 가리켰어요.

"저기서 들려! 숲 쪽이야!"

아름다운 숲에서 무슨 일이 일어나고 있는 걸까요?

'어떡하지? 어머니에게 말해야 할까? 하지만 밤중에 몰래 정원에 나온 걸 들킨다면…….'

유리아 공주는 어머니의 호된 꾸지람이 무서웠어요. 그렇지만 이 어두운 밤에 숲으로 가는 건 더 무서웠어요.

깽…… 깽…….

유리아 공주는 결심했어요.

"숲으로 가자! 어쩌면 우리가 할 수 있는 일이 있을지도 몰라!"

세 공주는 머뭇거리며 서로를 바라보았어요.

과연 세 공주가 유리아 공주를 따라올까요?

유리아 공주는 다른 공주들이 같이 가 주길 마음속으로 기도했어요.

"숲은 너무 어두워."

클라라벨 공주가 떨리는 목소리로 말했어요. 그러더니 손전등을 켰어요.

"하지만 유리아 말이 맞아, 우리가 도울 수 있을지도 몰라."

자민타 공주도 고개를 끄덕였어요.

루루 공주가 힘차게 말했어요.

"가자! 이렇게 슬픈 소리를 듣고 가만히 있을 순 없지!"

공주들은 서둘러 숲으로 달려갔어요.

5

소리의 정체는?

숲으로 깊숙이 들어갈수록 주위가 점점 더 어두워
졌어요.

수풀과 나무뿌리에 드레스가 자꾸 걸렸지만, 공주
들은 소리가 들리는 곳으로 쉬지 않고 걸어갔어요.

"소리가 점점 작아지는데……. 이 길로 가는 게 맞
는 걸까?"

　루루 공주가 초조하게 중얼
거렸어요.
　"저길 봐!"
　클라라벨 공주가 손가
락으로 어둠 속을 가리켰
어요.

　　깽······ 깽······.

　클라라벨 공주가 가
리킨 곳에는 조그만 아기
사슴이 슬픈 눈망울로 공
주들을 바라보고 있었어요.
　"어머, 덫에 걸렸나 봐. 불
쌍해라······."
　루루 공주가 말했어요.

아기 사슴의 가느다란 다리가 날카로운 덫에 걸려 있었어요.

아기 사슴은 고통스러운 듯 낑낑거리며 몸을 바들바들 떨었어요.

"미스트버그에서는 덫을 설치해도 되나?"

"그러게…… 덫은 위험해서 법으로 금지하는 나라가 많을 텐데."

아기 사슴은 유리아 공주의 손에 축축한 코를 가져다 대고 낑낑거렸어요.

"금방 도와줄게."

자민타 공주가 주머니에서 작은 드라이버를 꺼냈어요. 보석을 만들 때 쓰는 드라이버였어요.

"이걸 가져와서 다행이야."

유리아 공주는 움직이려는 아기 사슴의 다리를 부드럽게 어루만졌어요.

클라라벨 공주는 아기 사슴의 머리를 쓰다듬으며

진정시켰어요.

"괜찮아, 우리가 도와줄게."

마침내 덫이 풀리고, 공주들은 아기 사슴의 다친
다리를 살펴보았어요.

다행히 뼈가 부러지진 않은 것 같았어요.

그런데 왜일까요? 아기 사슴은 일어나려고 하지
않았어요.

"다리가 아픈가 봐. 안전한 곳에서 쉬게 해 주고
싶은데."

공주들은 아기 사슴을 성으로 데려가 건강해질 때
까지 돌봐 주기로 했어요.

"조심히…… 하나, 둘, 셋!"

공주들은 힘을 합쳐 아기 사슴을 들어 올렸어요.

루루 공주가 근처에서 손수레를 하나 찾아왔어요.

그 손수레에 아기 사슴을 싣고 성의 정원에 딸린 작은 헛간으로 옮겼어요.

지푸라기를 모아서 아기 사슴을 눕히고, 선반에 있던 담요로 다친 다리를 감싸 주자 아기 사슴의 호흡이 차츰 진정되었어요.

'이제 안심했나 봐. 잠이 들었네.'

유리아 공주는 안도의 숨을 내쉬었어요.

공주들은 아기 사슴이 깨지 않도록 조심조심 헛간 밖으로 나왔어요. 클라라벨 공주가 한숨을 후 내뱉었어요.

"우리끼리 어두운 숲에 들어가다니, 아직도 믿기지 않아……."

"나도 그래. 우리가 덫에 걸린 사슴을 구하다니!"

루루 공주가 고개를 끄덕이며 클라라벨 공주의 머

리에서 뭔가를 떼어 냈어요.

"클라라벨, 네 티아라에 나뭇잎이 달려 있어!"

클라라벨 공주가 웃음을 터뜨렸어요.

"루루, 네 티아라에는 커다란 나뭇가지가 삐죽 튀
어나와 있는걸."

"앗!"

루루 공주가 쑥스러운 미소를 지었어요.

유리아 공주가 루루 공주의 티아라에 걸린 나뭇가

지를 떼어 냈어요.

"내일 아침 일찍 가드랜드 국왕님께 아기 사슴에 대해 말하자."

자민타 공주가 말했어요.

"가드랜드 국왕님도 숲에 있는 덫에 대해 알아야 하니까!"

다음 날 아침, 공주들은 가드랜드 국왕과 함께 헛간으로 향했어요.

"숲에서 다친 아기 사슴을 구했다고?"

공주들과 함께 헛간에 들어간 가드랜드 국왕이 아기 사슴의 상태를 살폈어요.

"음……."

가드랜드 국왕은 생각에 잠겼어요.

"정말 잘했구나! 미스트버그에서는 사슴을 신성한

동물로 여기며 소중하게 다룬단다.”

유리아 공주는 깜짝 놀랐어요.

“하지만 이 사슴은 덫에 걸려 있었어요. 누군가가 사슴을 잡으려고 덫을 놓은 게 분명해요.”

가드랜드 국왕이 눈썹을 찌푸렸어요.

“뭐라고? 그럴 리가! 미스트버그 숲에 덫을 설치하는 건 금지되어 있어!”

공주들은 아무 말 못 하고 서로의 얼굴을 바라보았어요. 아기 사슴이 다리를 다친 건 틀림없이 누군가가 설치한 덫 때문이었어요.

“저희가 숲에서…….”

막 설명을 시작하려는 그때, 유리아 공주의 아버지인 필립 왕이 다가왔어요.

“얘들아! 여기서 뭐 하고 있니? 가드랜드 국왕은

아주 바쁜 분이란다."

필립 왕은 엄한 목소리로 말하고 가드랜드 국왕에게 말했어요.

"어서 가시지요. 아침 식사를 하면서 어제 못다 한 교역 이야기를……."

필립 왕과 가드랜드 국왕은 심각한 얼굴로 이야기를 나누며 성으로 돌아갔어요.

"하지만 숲에서……!"

유리아 공주는 다급히 외쳤어요.

"유리아, 이따가 듣자꾸나."

아버지에게 더 급한 일이 있는 것 같았지만, 그래도 유리아 공주는 서운했어요.

'어른들은 왜 우리 말을 끝까지 안 들어 줄까? 우리도 꼭 해야 할 중요한 말이 있는데…….'

6

사라진 증거

"우리가 찾은 덫을 보여 드리면 믿으실 거야."

그날 오후, 공주들은 다시 숲으로 가서 덫을 찾기로 했어요.

"성에서 키우는 강아지 빙고를 데리고 가자! 빙고도 산책을 하면 좋아할 거야."

네 공주는 빙고와 함께 서둘러 정원을 가로질러 갔

어요.

"어딜 그리 급히 가는 거야?"

등 뒤에서 갑자기 날아온
목소리에 공주들은 동시에
뒤를 돌아보았어요. 어제
저녁 만찬 자리에서 본
올라프 왕자가
서 있었어요!

늠름한 조지 왕
자와 똑똑해 보이는
데니스 왕자, 잘난 척이
심할 것 같은 사무엘 왕자
도 함께였어요.

라타스탄 왕국의
데니스 왕자

**"우리랑 같이
놀지 않을래?"**

카라티아 왕국의
조지 왕자

피니아 왕국의
올라프 왕자

리프랜드 왕국의
사무엘 왕자

올라프 왕자의 미소는 가까이서 보니 더 멋졌어요.

같이 집라인을 타고 놀면 분명 재미있을 거예요.

하지만…….

"미안해. 우리는 강아지 산책을 시켜야 해서……."

지금은 빨리 덫을 찾는 게 더 중요했어요.

공주들은 왕자들에게 손을 흔들고 다시 빠른 걸음
으로 걷기 시작했어요.

정원을 가로지르며 공주들은 이야기꽃을 피웠어요.

"올라프 왕자, 멋있지 않아?"

"맞아, 조지 왕자도 멋있었어!"

왕자들의 이야기로 잠시 한눈을 판 그때였어요.

"앗!"

빙고가 갑자기 꼬리를 흔들며 뛰쳐나가는 바람에
유리아 공주는 목줄을 놓치고 말았어요. 빙고는 분수

대를 지나 전나무 숲 사이 오솔길로 뛰어갔어요.

"빙고, 돌아와!"

빙고의 뒤를 쫓아 달려가던 유리아 공주는 키가 큰
남자와 하마터면 부딪힐 뻔했어요.

"꺄악!"

남자를 피해 갑자기 방향을 틀다가 결국 넘어지고
말았어요.

"아하! 빨간 머리 공주님,
우리가 다시 만날 줄
알았답니다."

나지막한 목소리에 고개를 들어 보니, 어제 잘못
들어갔던 방에서 본, 망토를 걸친 남자가 내려다보고
있었어요.

유리아 공주는 가슴이 철렁했어요.

"어제는 반가웠습니다, 공주님. 인사를 하러 일부러 찾아와 주시고."

남자가 차가운 목소리로 말했어요.

다른 공주들이 다가오자 남자는 기분 나쁜 미소를 지었어요.

"이런, 공주님들이 다 같이 어디 가시는 겁니까?"

"강아지를 산책시키고 있었어요. 숲으로 산책을 갈까 해서요."

루루 공주가 대답하자 남자는 과장되게 눈썹을 치켜세웠어요.

"숲으로 산책을 간다고요? 그건 안 됩니다. 숲은 위험해요. 길이 복잡해서 분명 길을 잃을 겁니다."

왠지 숲으로 가는 걸 막으려는 듯한 말투였어요.

"아뇨, 괜찮아요. 나침반이 있거든요."

자민타 공주가 말했어요.

그때 멀리서 빙고가 왈왈 짖으며 공주들에게 다시

달려왔어요. 남자는 강아지를 보자 얼굴을 찌푸리며 조금 물러났어요.

"그럼, 좋은 하루 되세요."

클라라벨 공주가 공손히 인사했어요.

공주들은 도망치듯 그 자리를 빠져나와 계속 걸었어요. 등 뒤에서 끈질기게 따라오는 남자의 날카로운 시선이 느껴졌어요.

"저 사람은 누구야?"

남자의 시선에서 벗어나자마자 유리아 공주가 물었어요.

"레이번 공작이야."

자민타 공주가 대답했어요.

"가드랜드 국왕의 사촌인데, 이 성에 살고 있어."

'근데 왜 우리가 숲에 못 가게 막으려는 것처럼 느

껴졌지? 정말로 우리가 숲에서 길을 잃을까 봐 걱정하는 걸까?'

레이번 공작의 차가운 눈빛이 떠오르자 유리아 공주는 오싹 소름이 돋았어요.

햇빛을 받은 미스트버그 숲이 반짝반짝 빛났어요. 어젯밤과는 사뭇 다른 분위기였어요. 과연 세상에서 가장 아름다운 숲이라고 불릴 만했어요.

"아기 사슴이 있던 곳이 어디지?"

루루 공주가 두리번거리며 묻자 자민타 공주가 나침반을 꺼냈어요.

잠시 후, 공주들은 어젯밤 아기 사슴이 쓰러져 있던 장소를 찾았어요.

그런데 이게 무슨 일일까요?

덫이 감쪽같이 사라지고 없었어요!

대신 그 자리에는 땅을 판 흔적과 사람 발자국이
남겨져 있었어요.

"누군가가 덫을 가지고 갔어!"

증거가 사라지다니! 꿈에도 상상 못 한 일이 일어
났어요.

"누군가가 일부러 증거를 없애려고 덫을 가져간 게
분명해. 비겁해!"

어젯밤에 만약 공주들이 아기 사슴이 우는 소리를
못 들었다면 어떻게 됐을까요?

바들바들 떨고 있던 아기 사슴을 떠올리자 유리아
공주는 가슴이 아팠어요.

"어떡해……. 이러면 가드랜드 국왕님이 믿지 않으
실 거야."

클라라벨 공주가 떨리는 목소리로 말했어요.

유리아 공주는 잠시 생각하다 입을 열었어요.

"동물을 괴롭히면 벌을 받아야 해. 우리 힘으로 덫을 설치한 범인을 찾아내자!"

세 공주는 놀란 눈으로 유리아 공주를 보았어요.

"오늘 밤에도 다 같이 성을 빠져나와서 숲을 감시하는 거야, 어때?"

세 공주는 힘차게 고개를 끄덕였어요.

“그래!”

“해 보자!”

“어제처럼 저녁을 먹고 성 밖으로 나오면 돼.”

공주들은 약속을 하고, 성으로 돌아가면서 작전을
짰어요.

“우린 아무도 몰래 움직여야 해.”

유리아 공주가 말했어요.

“그리고 나는 누가 우리를 도와줄 수 있는지 알고
있어.”

7

범인은 누구?

드디어 약속한 밤이 되었어요.

저녁 식사를 마친 공주들은 조용히 연회장을 빠져 나와 유리아 공주의 방에 모였어요.

유리아 공주가 말한 사람은 바로 아리였어요.

아리가 공주들을 위해 움직이기 편한 옷을 미리 준비해 두었지요.

"어머, 꼭 닌자 같아!"

"정말이네! 너무 귀엽다."

좋아하는 공주들을 보며 아리가
신신당부했어요.

"공주님들, 제 말 명심하세요.
위험은 어디에나 있답니다. 그러니
방심하지 말고 집중하세요. 또 뭐든
혼자서 하려 하지 말고 친구들을
믿으세요."

공주들은 티아라를 벗고 방을
살금살금 빠져나왔어요.

"자, 숲으로 가자. 범인이 오기
전에."

네 공주는 아무에게도 들키지
않고 몰래 성을 나와 숲을 향해
뛰었어요.

달빛이 숲을 은색으로 물들이고 있었어요.

"자, 내 손을 잡아."

나무 타기를 잘하는 루루 공주의 도움으로 네 공주
는 차례차례 나무 위로 올라갔어요.

"나무에 오르는 건 태어나서 처음이야."

클라라벨 공주가 떨리는 목소리로 말했어요.

"내 손 꼭 잡아!"

"괜찮아, 우리가 지켜보고 있어."

나무 위로 올라간 네 공주는 손전등을 끄고 조용히
기다렸어요.

멀리서 부엉이 울음소리가 들리고, 쥐가 나무 밑에
쌓인 낙엽을 바스락거리며 쪼르르 달려가는 소리가
들렸어요.

"아무도 안 오네⋯⋯."

시간이 얼마나 흘렀을까, 기다림에 지친 루루 공주가 몸을 들썩거렸어요.

그러자 나뭇가지가 흔들리고 나뭇잎이 팔랑팔랑 떨어졌어요.

"쉿!"

자민타 공주가 손가락을 입술에 대고 주의를 주었어요.

"가만히 있지 않으면 나뭇가지가 부러져서 떨어지고 말 거야."

그때 성 쪽에서 환한 불빛 두 개가 나타났어요. 불빛은 공주들이 숨어 있는 나무를 향해 점점 가까이 다가왔어요.

남자 둘이었어요.

남자들은 가끔 멈춰 서서 주위를 살폈어요.

"몇 개 남았다고?"

"전부 열 개니까 이제 두 개 남았어."

남자들이 들고 있는 덫이 섬뜩하게 빛났어요.

그중 한 남자의 얼굴을 얼핏 본 유리아 공주는 헉
하고 숨을 들이마셨어요.

'저 사람은……!'

레이번 공작과 함께 방에 있던 사람이었어요!

남자들은 풀 더미에 덫을 설치하고 더 깊숙한 숲으
로 들어갔어요.

　　남자들이 멀어지길 기다렸다가 공주들은
서둘러 성으로 돌아갔어요.
　　'숲에서 일어나고 있는 일을 가드랜드
국왕에게 알려야 해!'
　　어른들이 차를 마시고 있는 응접실
문으로 달려가자 붉은 제복을 입은

경비병 두 명이 앞을 가로막았어요.

"너희는 누구냐? 어떻게 들어왔지?"

"우린 공주들이에요."

유리아 공주가 말했어요.

"가드랜드 국왕님께 급히 전해 드릴 말이 있어요."

하지만 공주들이 평소 입던 드레스 차림이 아닌 탓에 경비병은 믿어 주지 않았어요.

"가드랜드 국왕께서는 각국의 왕들과 중요한 회의 중이시다. 아무도 들어갈 수 없다!"

'드레스랑 티아라가 없으면 믿어 주지 않는다니!'

유리아 공주는 너무 안타까웠어요.

'이러는 사이에 숲의 동물들이 덫에 걸릴지도 몰라. 드레스로 갈아입고 다시 오면 너무 늦을 거야!'

"그냥 우리끼리 해결해야 할 것 같아."

루루 공주가 말했어요.

그때 클라라벨 공주가 입을 열었어요.

"사슴이 우는 소리를
흉내 내서 경고 신호를
보내면 어떨까? 덫에서
멀리 떨어지라고 말이야.
나, 동물 소리를 잘 따라 하거든."

클라라벨 공주의 목소리는
자신감에 차 있었어요.

그러자 자민타 공주가 말했어요.

"잠깐 내 방으로 와 봐. 보여 줄 게 있어."

자민타 공주가 방에서 꺼낸 것은 반짝반짝 빛나는
다이아몬드였어요.

"보석의 도움을 받을 수도 있어. 이 다이아몬드에
는 위험한 물건 가까이 가면 강한 빛을 내는 마법이
새겨져 있거든."

유리아 공주의 마음에 희망의 싹이 피어났어요.

"좋아! 그럼 클라라벨이 동물들에게 위험하다고 경

고하고, 우린 그사이에 다이아몬드를 이용해서 덫을
찾자!"

"좋은 생각이야."

"우린 할 수 있어!"

"가자!"

혼자서는 힘들겠지만 넷이서 힘을 합치면 사건을
해결할 수 있을지도 몰라요.

숲으로 가려던 공주들은 깜짝 놀랐어요.

조금 전까지만 해도 분명 열려 있던 금색 문이 굳
게 닫혀 있었거든요.

커다란 자물쇠가 걸려 있어서 숲으로 나갈 수가 없
었어요.

"꼭 우리가 숲으로 가려는 걸 누군가가 방해하는
것 같아……."

"서둘러야 하는데!"

"이제 어쩌지?"

어쩔 줄 몰라 하며 서 있는 네 공주 앞에 어떤 남자가 나타났어요.

유리아 공주는 저도 모르게 소리를 질렀어요.

"레이번 공작!"

레이번 공작의 날카롭게 찢어진 눈이 달빛을 받아 섬뜩하게 빛났어요.

"숲에 덫을 설치하라고 명령한 건 당신이죠?"

유리아 공주가 노려보며 묻자 레이번 공작은 낄낄 웃었어요.

"후훗, 어젯밤에 내 계획을 방해한 건 공주님들이고요, 맞죠? 하지만 오늘은 막을 수 없을 겁니다."

유리아 공주는 화가 치밀어 올랐어요.

"덫을 설치하는 건 불법이잖아요! 왜 불쌍한 동물들을 괴롭히는 거죠? 국왕께서 아시면……."

"내 사촌이 정해 놓은 법 따위는 관심 없어요!"

레이번 공작이 단호하게 말했어요.

"미스트버그 숲의 수사슴이 세상에서 가장 아름다운 뿔을 가지고 있다는 사실을 공주님들이 알 리가 없죠. 수사슴의 아름다운 뿔은 행운을 가져온다고 하죠. 하하하! 난 내 성을 멋진 뿔로 장식할 거랍니다. 남은 뿔은 비싸게 팔 예정이죠."

레이번 공작은 만족스러운 표정을 지었어요.

"물론 순진한 내 사촌은 아무것도 모르는 것 같지만요. 하하하!"

레이번 공작이 큰 소리로 웃음을 터뜨렸어요.

'자신의 이익을 위해서 숲의 동물들을 해치다니, 이기적인 사람이야!'

"당신이 숲에 덫을 설치했다고 가드랜드 국왕님께

말씀드리겠어요!"

유리아 공주가 소리치자 레이번 공작이 가소롭다는 듯 피식 웃었어요.

"얼마든지 말하세요. 어린애들이 뭐라고 말하든 아무도 믿지 않을 테니까. 증거는 있나요?"

유리아 공주는 아무 말도 하지 못했어요.

'맞아, 방금 전 경비병들도 우리가 공주라고 말해도 안 믿어 줬잖아.'

"하하하! 이만 포기하고 방으로 돌아가시죠, 공주님들. 내일 아침에 사슴이 몇 마리나 덫에 잡혀 있을까나? 후훗, 기대되네요."

8

힘을 합쳐서

레이번 공작은 소름 끼치는 웃음소리를 남기고 정원을 가로질러 성안으로 사라졌어요.

"이제 어쩌지?"

루루 공주가 화난 얼굴로 문을 흔들며 말했어요.

자물쇠가 쨍그랑쨍그랑 소리를 냈지만, 문을 열 방법은 없었어요.

"숲으로 들어갈 다른 방법은 없을까?"

유리아 공주가 물었어요.

자민타 공주가 고개를 저었어요.

"숲으로 갈 수 있는 유일한 방법은 이 문을 통과하는 거야. 철조망을 넘을 수 있는 게 아니라면."

공주들은 고개를 들어 성을 둘러싼 높은 철조망을 올려다보았어요.

루루 공주가 즉시 철조망을 기어오르려고 했지만, 곧바로 미끄러지고 말았어요.

"너무 높고, 너무 미끄러워!"

클라라벨 공주가 말했어요.

"사다리 같은 게 있으면 좋을 텐데……."

자민타 공주가 말했어요.

"목마를 태워 주는 건 어때?"

루루 공주가 눈을 반짝이며 물었어요.

"그게 가능할까? 난 목마는 태어나서 한 번도 타

본 적 없는데.”

유리아 공주가 걱정스러운 얼굴로 물었어요.

“난 높은 곳에 오르는 걸 좋아하진 않지만, 사슴을 돕기 위해서라면 뭐든 할 거야.”

클라라벨 공주의 얼굴은 창백했지만 목소리는 단호했어요.

네 공주는 서로의 어깨를 밟고 올라가 ‘인간 사다리’를 만들어 철조망을 오르기로 했어요!

루루 공주가 맨 밑에서 철조망을 잡고 엎드렸어요.

그다음으로 클라라벨 공주, 자민타 공주 순서로 어깨를 밟고 올라갔어요.

마지막으로 유리아 공주가 공주들의 등을 밟고 올라가, 철조망 위에 올라서는 데 성공했어요!

“됐어! 이제 내 손을 잡아!”

유리아 공주가 손을 뻗어 공주들을 한 명씩 차례로 끌어 올렸어요.

마침내 네 공주 모두 철조망을 넘었어요.

"레이번 공작은 우리가 설마 철조망을 넘을 거라곤 상상도 못 했을 거야."

루루 공주가 장난스럽게 웃었어요.

숲은 어둠에 휩싸여 있었어요.

공주들은 뎟을 조심하며 숲 깊숙이 들어갔어요.

갑자기 수풀에서 바스락거리는 소리가 들리더니 멋진 뿔을 가진 수사슴이 나타났어요.

유리아 공주는 숨을 들이마셨어요.

"사슴이야!"

아름다운 수사슴이 공주들을 향해 천천히 고개를 돌리며 귀를 쫑긋거렸어요.

"내가 위험 신호를 보낼게!"

클라라벨 공주는 입술에 손가락을 가져다 대고 소

리를 냈어요.

삐익······ 삐익······.

위험을 알리는 높고 날카로운 소리였어요.

귀를 쫑긋거리며 소리를 듣던 수사슴이 숲 안쪽으로 튕기듯 사라졌어요.

"효과가 있어! 계속 소리를 내 줘, 클라라벨!"

유리아 공주는 가슴을 쓸어내렸어요.

"이제 덫을 찾아보자! 레이번 공작의 계획대로 되게 둘 순 없어!"

모두 힘차게 고개를 끄덕였어요.

고요한 어둠 속에서 클라라벨 공주가 내는 높은 소리만이 숲속에 메아리쳤어요.

공주들은 조심스럽게 수풀을 헤치며 덫을 찾아다녔어요.

자민타 공주의 다이아몬드는 덫에 가까이 가면 강한 빛을 내뿜었어요.

"여기 하나 있어!"

자민타 공주가 소리쳤어요.

덫을 찾으면 작은 나뭇가지를 집어넣어 망가뜨렸어요.

하늘이 조금씩 밝아 오기 시작했어요. 어느덧 아침 해가 떠오르고 있었어요!

공주들은 덫을 찾기 위해 밤새 숲을 헤맸어요.

"전부 몇 개나 찾았지?"

루루 공주가 물었어요.

"방금 찾은 게 아홉 개째야. 이제 하나만 더 찾으면 돼."

유리아 공주가 대답했어요.

그때, 자민타 공주의 손에서 다이아몬드가 환하게
빛나기 시작했어요.

"마지막 덫이 근처에 있나 봐!"

공주들은 조심스럽게 수풀을 뒤졌어요.

"찾았다!"

유리아 공주가 수풀에 숨겨져 있는 마지막 덫을
찾아냈어요.

"드디어 열 개 다 찾았어!"

유리아 공주가 덫에 끼울 나뭇가지를
주우러 가려고 할 때였어요.

덫 바로 옆 수풀이 크게 흔들리며
사슴 가족이 나타났어요. 엄마 사슴과
아기 사슴 두 마리였어요.

유리아 공주는 그 자리에
얼어붙었어요. 덫이 사슴
가족 바로 옆에 있었기 때문
이에요.

사슴이 한 발자국만 움직여
도 덫에 걸릴 것 같았어요.

'아, 이걸 어쩌지?'

조금이라도 움직이거나
소리를 내면 사슴들이 놀라서
덫을 밟을지도 몰라요!

어떡하면 사슴들이 다치지 않고 무사히 그 자리를 벗어나게 할 수 있을까요?

"클라라벨…… 어디 있어?"

유리아 공주는 조용히 불렀어요.

그러자 등 뒤에서 클라라벨 공주의 목소리가 작게 들려왔어요.

"여기 있어. 천천히 덫으로 다가가서 나뭇가지를 끼워 넣어. 안전하다고 생각하면 나한테 신호를 보내."

클라라벨 공주가 말한 대로 유리아 공주는 아주 천천히 덫이 있는 곳으로 발을 옮겼어요.

그때 아기 사슴이 귀를 쫑긋 세웠어요.

'그대로 있어 줘, 부탁이야…….'

유리아 공주는 엄마 사슴과 아기 사슴들이 놀라지 않도록 천천히 덫을 향해 작은 나뭇가지를 뻗었어요.

동작이 너무 빨라도, 너무 느려도 안 됐어요.

"지금이야!"

유리아 공주가 말한 동시에 클라라벨 공주가 위험을 알리는 신호를 보냈어요.

삐익‥‥‥ 삐익‥‥‥.

엄마 사슴과 아기 사슴들은 황급히 숲 깊숙한 곳으로 달아났어요.

유리아 공주는 안도의 한숨을 내쉬고 마지막 남은 덫에 나뭇가지를 집어넣었어요.

"해냈다!"

넷이서 힘을 합쳐 숲의 사슴들을 구해 낸 거예요!

모두 잠을 자지 못해서 머리가 어지러웠지만, 숲의 동물들을 구했다는 생각에 너무나 기뻤어요.

"이제 가드랜드 국왕님께 진실을 알리자!"

네 공주는 아침 햇살이 내리쬐는 숲을 자신감 넘치는 모습으로 걸어 나왔어요.

"설마 내 사촌이 불법을 저질렀을 줄이야……."

가드랜드 국왕은 공주들이 가지고 온 덫을 보고, 또 모든 이야기를 듣고 충격을 받은 것 같았어요.

"두 번 다시 숲에 덫을 설치하지 못하도록 강한 경고를 하겠다."

가드랜드 국왕이 공주들에게 약속했어요.

결국 법을 어긴 레이번 공작은 성에서 쫓겨났어요.

"용감한 공주들이여, 미스트버그 숲을 지켜 줘서 참으로 고맙구나."

가드랜드 국왕이 공주들에게 감사의 눈빛을 보냈어요.

유리아 공주는 친구들과 자기 자신이 너무나도 자

랑스러웠어요.

이렇게 공주들의 첫 번째 모험은 무사히 끝났어요.

예상 밖의 모험이었지만, 이야기는 아직 끝나지 않았답니다.

공주들에게는 중요한 무도회가 남아 있으니까요.

9

드레스로
갈아입고

봄의 대무도회가 열리기까지 이제 몇 시간 남지 않았어요.

밤새 숲을 헤매고 다닌 유리아 공주는 태어나서 처음 겪는 피곤함을 느꼈어요.

하지만 아리가 준비해 준 팬케이크와 복숭아 주스 덕분에 기운을 차릴 수 있었어요.

"유리아 공주님, 이제 무도회에 가실 시간이에요."

유리아 공주는 아리의 도움을 받아 드레스로 갈아입었어요.

오늘을 위해서 어머니가 준비해 준 가장 아름다운 장미 드레스로 말이죠.

몇 겹으로 겹쳐진 풍성한 치마가 꽃잎처럼 활짝 펼쳐지고, 걸을 때마다 커다란 장미 장식이 하늘하늘 흔들렸어요.

재봉사가 정성스럽게 손봐 주었기 때문에 드레스는 몸에 딱 맞았어요.

'이렇게 기분 좋은 날 무도회를 갈 수 있다니!'

유리아 공주는 반짝반짝 빛이 나는 하이힐을 신었어요.

귀걸이를 걸고, 팔꿈치 위로 올라오는 긴 장갑을 끼고, 마지막으로 티아라를 쓰면 완성!

"드디어 진짜 무도회야."

티아라에는
새빨간 루비가
박혀 있어!

팔꿈치 위로
올라오는 긴 장갑

나뭇잎 디자인
티아라

Yuria
유리아 공주

빙글빙글 말린
곱슬머리가
걸을 때마다
우아하게 흔들려!

고급스러운 실크가
겹겹이
풍성하게!

행복한 기분이 드는
핑크 장미

제일 좋아하는
꽃 모양 레이스가
한가득!

움직이면
치마 밑단이
통통 튀겨!

거울 속에서 누구보다 아름답고 행복해 보이는 공주가 방긋 미소를 지었어요.

유리아 공주는 무릎을 굽혀 인사를 연습했어요.

리딩랜드 왕국의 이름이 부끄럽지 않도록, 실패 없이 해내야 했어요. 어릴 적부터 동경해 오던 대무도회 데뷔가 이제 정말 코앞으로 다가왔어요!

유리아 공주는 두근두근 뛰는 가슴을 진정시키기 위해 손을 얹었어요.

'이 드레스를 보면 다들 어떻게 생각할까?'

두근두근 설레는 마음과 부담감이 뒤죽박죽 섞였어요. 모두의 기대를 만족시키지 못할 거라고 생각하니 눈물이 찔끔 날 것 같았어요.

'까다로운 왕이 무서운 얼굴을 하고 있으면 어쩌지? 춤을 추다가 동작을 까먹으면?'

바로 그때 친구들의 얼굴이 떠올랐어요.

'셋 다 나와 똑같은 기분을 느끼고 있겠지? 분명 숨도 못 쉴 정도로 긴장하고 있을 거야…….'

자신의 마음을 공감해 줄 친구가 있다고 생각하니 용기가 났어요.

똑똑똑.

노크 소리가 들리고 공주들이 방으로 들어왔어요.

"유리아, 준비 다 됐어?"

루루 공주는 반짝이는 스팽글이 달린 황금색 미니 드레스를 입고 있었어요.

자민타 공주는 숲을 떠올리게 하는 짙은 초록색 실크 드레스를 입고 있었어요.

그리고 클라라벨 공주는 파도처럼 파란 드레스를 입고 있었어요.

Lulu

루루 공주

드러낸
한쪽 어깨가
포인트!

정열적인
황금색

스팽글이
반짝반짝!

발레리나가 입는
튀튀 같아!

길게 뻗은
다리를 강조!

꽃 장식이 돋보이는
끈이 달린 구두

정성스러운 빗질로
더욱 찰랑찰랑한
머릿결

단정하게 겹쳐진
옷깃

투명한
실크 스커트

풍성하게 펼쳐진
소매

차분한 분위기의
짙은 초록색 드레스

우아한
노란색 꽃 자수

Jaminta

자민타 공주

Clarabel

클라라벨 공주

티아라와
목걸이에는
블루 사파이어!

귀엽게
봉긋 솟은 어깨

웨이브를 넣은
긴 금발 머리

커다란 진주와
리본으로 마무리!

인어 공주를
떠올리게 하는
드레스

파도처럼 퍼진
밑단

세 공주 역시 드레스가 무척 잘 어울렸어요.

공주들은 잠자코 서로의 얼굴을 바라보며 고개를 끄덕였어요.

마음속 불안과 부담감은 네 공주 모두 똑같이 가지고 있을 거예요.

그 긴장감을 앞으로 설 무대에서 잘 극복할 수 있을까요?

'친구들과 함께라면 분명 극복할 수 있어!'

유리아 공주는 중요한 사실을 확인하기 위해 물었어요.

"있잖아, 우린
'세상에서 가장 친한 친구'
맞지?"

세 공주는 힘차게 고개를 끄덕였어요.

"물론이지!"

"우리 마음은 하나야!"

"함께 무도회에 참석할 수 있어서 너무 좋아!"

이틀 전에 처음 만났는데, 이렇게 마음이 잘 통하는 친구가 되었다니, 유리아 공주는 꿈을 꾸는 것 같았어요.

'친구라는 게 이렇게 멋진 거구나!'

가슴 벅찬 감동이 느껴졌어요.

바로 그때 대무도회의 시작을 알리는 나팔 소리가 울려 퍼졌어요.

"가자! 우리의 무도회가 시작될 거야."

양손으로 치마를 가볍게 잡고 공주들은 다 같이 계단을 내려갔어요.

10
무도회 시작!

유리아 공주의 아름다운 곱슬머리가 한 계단씩 내려갈 때마다 위아래로 흔들렸어요.

장미꽃으로 장식된 드레스는 샹들리에 불빛에 아름답게 반짝였어요.

성안의 계단과 복도는 여러 왕국의 국기와 커다란 장미꽃으로 장식되어 있어서 무척 화려했어요.

금색 식탁보를 손에 든 사람이 복도를 이리저리 바쁘게 뛰어다녔어요.

무도회장에서는 잔잔한 오케스트라 연주가 흘러나오고 있었어요.

무도회장으로 들어가는 문 앞에는 공주들과 마찬가지로 처음으로 무도회에 참석하는 왕자들이 줄지어 서 있었어요.

함께 놀자고 했던 올라프 왕자와 조지 왕자, 데니스 왕자, 사무엘 왕자였어요.

"함께 무도회에 참석할 왕자로서 진심을 담아 에스코트하겠습니다."

예의 바르게 인사를 건네는 왕자들은 하나같이 멋져 보였어요.

'나도 노력해야지……!'

유리아 공주는 속으로 다짐했어요.

공주들과 왕자들은 한 명씩 짝을 지어 함께 문 앞에 섰어요. 유리아 공주는 친구들을 보며 격려하듯 고개를 끄덕였어요.

마침내 커다랗고 무거운 문이 활짝 열리고, 입장할 시간이 되었어요.

세계 각국에서 온 왕과 왕비가 나란히 앉아 왕자들과 공주들을 바라보고 있었어요.

모두 대무도회를 위해 멋지고 화려한 옷을 차려입고 있었어요.

유리아 공주는 천천히 숨을 내뱉었어요.

'지금이야말로 노력의 성과를 보여 줄 때야!'

가장 먼저 인사한 건 자민타 공주였어요. 다음으로
클라라벨 공주, 루루 공주도 인사를 했어요.
드디어 유리아 공주의 차례가 되었어요.

심장이 쿵쾅쿵쾅!

'괜찮아, 난 할 수 있어!'

마음을 다독이고 눈앞에 보이는 왕과 왕비에게

다가갔어요.

　연습한 대로 왼쪽 다리를 뒤로 보내고 무릎을 굽히
며 방긋 웃었어요.

　　　　　그러자 왕과 왕비가 고개를
　　　　　끄덕이며 환한 미소를 보
　　　　　냈어요.
　　　　　'합격이야!'

드디어 모든 나라의 왕과 왕비에게 인사를 했어요.

가드랜드 국왕의 목소리가 무도회장 안에 울려 퍼

졌어요.

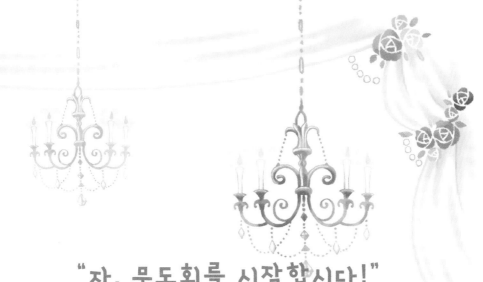

"자, 무도회를 시작합시다!"

반짝이는 샹들리에 밑에서 유리아 공주는 음악에
맞춰 춤을 추었어요.

필립 왕과 마리아 왕비는 유리아 공주를 미소 가득한 얼굴로 바라보고 있었어요.

무도회장 구석에서 아리가 윙크를 보냈어요.

'엄청 긴장했지만 잘 해낸 것 같아!'

유리아 공주는 모두의 앞에서 정식 공주로 인정받았어요. 설마 유리아 공주가 지난밤에 다른 공주들과 함께 숲을 헤매고 다니거나, 철조망을 뛰어넘었을 거라곤 아무도 상상하지 못했을 거예요!

무도회는 몇 시간 동안 이어졌어요. 무도회장에는 다양한 곡들이 끊임없이 흘러나왔어요. 가드랜드 국왕이 닭처럼 움직이며 춤을 췄을 땐 웃음바다가 되었어요.

쉬는 시간에는 달콤한 디저트가 나왔어요.

유리아 공주는 설탕 왕관이 꽂혀 있는 컵케이크와

톡 쏘는 체리 소다를 마시며 잠시 숨을 돌렸어요.

"유리아 공주, 저랑 한 곡 추시겠습니까?"

올라프 왕자가 눈동자를 반짝반짝 빛내며 손을 내밀었어요.

유리아 공주는 쭈뼛쭈뼛 손을 내밀었어요. 그때 올라프 왕자 뒤에서 어서 오라고 손짓하는 친구들이 보였어요.

멋진 왕자와 춤을 추는 것도 로맨틱하고 좋지만, 지금은 친구가 더 좋았어요!

"미안해요, 올라프 왕자님……. 다음에 춰요!"

유리아 공주는 춤추는 사람들 사이를 빠져나가 친구들과 함께 밖으로 나갔어요.

"이거 봐, 이 보석에 서로 연락을 주고받을 수 있는 마법을 걸어 놨어."

자민타 공주의 손에는 하트 모양의 아주 작은 보석 조각 네 개가 있었어요.

"멀리 떨어져 있어도 마음의 소리로 서로에게 연락할 수 있어."

공주들은 오른손 새끼손톱에 매니큐어를 서로 발라 주고, 하트 모양 보석을 올렸어요.

루루 공주는 노란색 토파즈, 클라라벨 공주는 푸른색 사파이어, 자민타 공주는 초록색 에메랄드. 유리아 공주의 손톱에는 빨간 루비가 빛나고 있었어요.

유리아 공주는 세 공주를 바라보았어요.

"혹시라도 무슨 일이 생기거나 고민이 생기면……
미스트버그 숲을 지킨 것처럼 함께 해결하자!"

"맞아, 우리 넷이 함께라면 어떤 일도……."

"극복할 수 있어!"

클라라벨 공주의 말을 자민타 공주가 재빨리 이어
받아 말했어요.

루루 공주가 장난스럽게 웃었어요.

"공주들의 비밀 모임이네! '티아라 모임'이라고 부
르는 게 어때?"

"티아라 모임! 정말 멋진 이름이야!"

유리아 공주는 친구들의 손을 잡았어요.

네 개의 보석이 손끝에서 반짝반짝 빛났어요.

11

보석의
약속

이렇게 봄의 대무도회는 성공적으로 끝이 났어요.

각자의 왕국으로 돌아가는 날 아침, 아기 사슴에게 인사를 하러 가 보니 이제는 일어서서 걸을 수 있을 만큼 건강해져 있었어요. 곧 다시 숲으로 돌아갈 수 있을 것 같았어요.

미소를 짓고 있는 다른 공주들을 바라보며, 유리아

146

공주는 미스트버그에서 얻은 소중한 보물을 떠올렸어요.

그 보물은 바로 루루 공주, 자민타 공주, 클라라벨 공주와 나눈 '첫 우정'이었어요.

유리아 공주는 공주로 태어나 지금까지 엄청난 기대와 부담감을 안고 자라 왔어요.

하지만 지금은 그런 기분을 공감해 주는 친구들이 셋이나 생겼어요.

함께 머리를 맞대고 생각하고 고민을 나눌 수 있는, 마음으로 이어진 친구들이에요.

앞으로 어떤 힘든 일이나 고민이 생겨도 분명 잘 이겨 낼 수 있을 거예요!

티아라 모임에는 일곱 가지 약속이 생겼어요.

첫째, 공주로서 자부심을 가질 것

둘째, 항상 정의로울 것

셋째, 서로를 믿고 존중할 것

넷째, 힘든 일이나 고민이 있다면 서로 나눌 것

다섯째, 친구가 위험에 처하면 달려갈 것

여섯째, 항상 자신을 가꿀 것

일곱째, 동물을 사랑하고 보호할 것

유리아 공주는 약속 하나하나를 친구들과 함께 만들어 나갔어요. 공주들은 이 일곱 가지 약속을 지킬 것을 맹세하고 각자의 왕국으로 돌아갔어요.

유리아 공주의 오른손 새끼손톱에는 하트 모양의 루비가 반짝이고 있어요.

이 작은 보석은 예쁘고 똑똑하고 용감한 공주가 처음으로 친구들과 우정의 약속을 한 증표예요.

친구들과 함께 모험을 하고, 아기 사슴을 구하고, 대무도회에 참석하고, 소중한 우정을 만들고…….

유리아 공주는 나흘 동안 많은 일을 경험했어요.

다음엔 또 어떤 새로운 만남이 기다리고 있을까요?

빨간 하트 루비가 미래를 예언하듯 반짝 빛났어요.

'티아라 모임이 처음 만들어진 이야기'는

여기까지랍니다. 예쁘고 똑똑하고 용감한

공주들의 모험은 이후에도 계속되며,

티아라 모임의 멤버도 점점 늘어나지만…….

그 이야기는 나중에 또 들려줄게요.

〈2권에서 계속〉

《공주들의 약속1. 무도회와 보석의 약속》을
도서관에 희망도서 신청해 주세요!
사은품을 드립니다.

우리의 첫 만남

우리의 첫 우정

티아라 모임의
보너스 정보!

이 책에서 소개하지 못한
이야기들을 들려줄게.

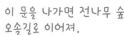

이 문을 나가면 전나무 숲
오솔길로 이어져.

숲의 입구는 여기뿐이야.
멋진 장식이 포인트!

몇 번이나 지나다녔던
금색 문

← 잘 때는 커튼을 촤으즉!

동화 속 침대처럼
기둥이 있는 디자인

유리아 공주가 머물렀던
방의 침대

드레스를
가리기 위해
입었던
검은 망토

←드레스를 다 가려서
조금 아쉬웠어.

집라인에 두고 와서
어머니한테 혼났지 뭐야.

아기 사슴 돌보기

← 양배추 잎을 주고 지푸라기로
잘 곳을 만들어 줬어!

우리가 돌아간 뒤에 완전히
회복할 때까지 성의 정원사가
돌봐 주기로 했어.

아리가 가져다준 팬케이크

달달한 시럽이 뿌려져 있어서
한 입 먹으면 행복 충전!

\ 고마워,
아리! /

↑
같이 먹은
복숭아 주스도
맛있었어.

← 저녁 만찬 때 먹은
벌꿀 케이크도 꿀맛!

무도회 때 마신
핑크색 체리 소다는…
어른들의 맛일까?

★집라인

와이어에 매달린 의자에
앉으면 앞으로 미끄러져 나가.
드레스 피팅 룸 창문에서 보여서
꼭 타 보고 싶었어.

★놀이기구

특이하게도 정원에 놀이기구가
있었어. 첫날 밤에 몰래
빠져나와 놀이기구를 타러
갔는데, 다른 공주들과
딱 마주쳤지 뭐야! 게다가
대무도회 전날에는 이곳에서
운동을 하던 왕자들이
같이 놀자고 했었어.

★식당

세계 각국에서 온
왕과 왕비, 왕자와 공주가
같은 식탁에 앉아
식사를 해.

★무도회장

높은 천장에 상들리에가
빛나는 둥근 형태의
넓은 방이야. 공주들과
왕자들이 나란히 입장해서
왕과 왕비 한 명, 한 명에게
인사를 드리면 무도회가
시작돼.

★돌로 만든 분수

강아지 산책을 시키느라 이곳을 걸었어.

★피팅 룸

대무도회 때 입을 특별한
드레스를 입어 보는 방이야.
여기서 다른 공주들을 만났어.

★초록색 숲

방에서 바라봤을 때,
나무가 파도치듯 흔들렸어.
세상에서 가장 아름다운
풍경이라고 느꼈어.

★손님 방

날 위해 준비된 방은
탑 꼭대기에 있었어.

★입구 계단

성의 주인인 가드랜드 국왕이
우리 가족을 마중 나왔어!

★광장

계단 근처까지
마차가 들어올 수 있어.

★전나무 숲 오솔길

금색으로 빛나는 멋진 문을 지나
이 길을 따라 성에 도착해.

미스트버그 성은 정말 멋진 곳이야!

'티아라 모임'을 만들어 우정을 키워 나가는 공주들의 이야기 제2탄

공주들의 약속

②

소원을 이루어 주는 진주

남쪽 바다 섬에서 다친 돌고래를 만난 클라라벨 공주는 신비로운 빛을 내는 진주를 선물로 받아요. 아름다운 청록색 바다 밑에는 오래전 침몰한 보물선이 잠들어 있다는데……. 폭풍을 뚫고 전설의 보물을 손에 넣는 건 누구일까요? 새끼손톱의 보석이 빛을 발하면, 예쁘고 똑똑하고 용기 있는 공주들의 두근거리는 모험이 시작돼요!

공주들의 약속

① 무도회와 보석의 약속

2025년 1월 30일 초판 인쇄

글 폴라 해리슨 | 그림 ajico | 옮김 봉봉

기획 이성애 | 편집 한명근 | 교정·교열 권혜정
마케팅 한명규 | 디자인 김성엽의 디자인모아

발행처 ㈜가람어린이

출판등록 2002년 9월 16일 제2002-000291호
주소 경기도 고양시 덕양구 삼원로 63, 1015호
전화 02-323-2160 | 팩스 02-6008-2150
전자우편 garambook@garambook.com
블로그 blog.naver.com/garamchildbook
인스타그램 instagram.com/garamchildbook
X(트위터) twitter.com/garamchildbook
유튜브 가람어린이tv 카카오톡 채널 가람어린이출판사

ISBN 979-11-6518-353-0 (73840)

책의 내용과 그림을 출판사와 저자의 허락없이 인용하거나 발췌하는 것을 금합니다.

＊잘못 만들어진 책은 바꿔 드립니다.
＊책값은 뒤표지에 있습니다.

가람어린이 신간 소식을 메일 또는 문자로 받아 보세요.

마법 소녀 루오카

1 인어 리듬 매니큐어

2 마음을 잇는 시간 마법

3 마법에 걸린 놀이공원

4 천사의 비밀 수첩

5 길 잃은 강아지와 마법 반지

6 우리는 영원한 친구!

마법을 동경하는 카오루와
마법을 싫어하는 마녀 루오카,
두 소녀의 마법 같은 이야기!

길에서 우연히 신비로운 카드를 주운 카오루는 눈부신 빛에 휩싸여
낯선 거리로 빨려 들어간다. 끝없이 늘어선 알록달록 화려한 가게들,
이곳에선 마법이 깃든 물건을 하루에 딱 한 개만 살 수 있다는데……
그럼 여긴 혹시 마법의 거리!?

마리의 동물 병원

1 달려, 초코칩!

2 마을 고양이 실종 사건

3 강아지 구출 대작전!

수의사를 꿈꾸는 소녀 마리와
영리한 강아지 초코칩의 이야기를
시리즈로 만나 보세요!

수의자가 꿈인 마리 앞에 어느 날 아주 특별한 강아지가 운명처럼 나타난다.
영리한 강아지 초코칩과 함께 작은 시골 마을에서 벌어지는
수상한 사건들을 해결하고, 위험에 빠진 동물들을 구하는
마리와 친구들의 흥미진진한 모험 이야기!

티아라 모임

안녕?

공주들이 보낸 편지가 도착했어!

이야기를 다 읽은 후에

편지를 읽어 봐.